목수들의 싸움 수칙

주강홍 시집

시인동네 시인선 103

주강홍 시집

목수들의 싸움 수칙

시인동네

망치를 들었다.
헐렁한 널빤지에 손을 좀 봐야겠다.

때도 없이 삐걱대는 것이
맞아야 제대로 엎드릴 것 같다.

어디부터 두드려 박아야 할까.

못의 고민이 시작된다.

2018년 12월
주강홍

차례

시인의 말

제1부

제1부

명태

상량식을 지낸 명태가 대들보에 걸리었다
허공을 견디는 새까만 눈과 마주쳤다
차렷 자세로 갈증의 입을 다물지 못하고
한 생을 버리고도 다 감지 못하는 저 눈
보이는 것만이 전부가 아니라는 듯
저쪽 세상처럼 깊다
한 시절 푸른 유영을 끝으로
눈 덮인 덕장의 유배를 거쳐
낚싯줄 같은 수평선에 묶이어 여기까지 왔을 터
벗겨진 비늘은 마지막 투쟁의 흔적이지만
아직 탄력을 잃지 않은 몸매는
금방이라도 속세로 뛰어들 자세다
망목이 좁은 그물을 따라
이방의 길을 나선 명태
못에 걸린 절집의 목어처럼
망치 소리에서 도(道)를 구한다

마태복음 17장 21절

방충망을 끼우다 모기의 새까만 눈과 마주쳤다
흰자위를 다 삼키고 남은 동공
우주처럼 깊다

야윈 팔다리를 비비며
땀 냄새에 목숨 걸고 피를 나눈
가슴팍의 한때를 핑계 하는 눈치다

여기서 침묵은
부정도 그렇다고 복잡한 긍정도 아니다
다만

나는 여기에 있고
너는 거기에 있다

블랙홀은 아직 설명되지 못하고
빅뱅은 탄생과 소멸로 잠시 눈을 밝혔다
원시는 원래 차가운 어둠이다

사탄이 어렵게 야훼에게 전화를 건다
소통은 연결이다
신호음은 가는데 통 전화를 받지 않는다
수신거부다

망(網)의 살이 너무 조밀하다

결

나무도 물결이 있었구나
썰리고 밀려온 심장의 박동을 삼키고 있었구나
저 해안선의 모래들처럼 함부로 온몸을 맡기고
밤새 달빛에 출렁인 적도 있었구나
나직이 부르는 너의 이름에 수줍은 귀를 움츠리며
천상의 밧줄을 당겼겠구나
아 여기쯤
밤새 격랑의 저 검은 불안들이 벽으로 몰아쳐
빗장을 걸고 지키던 상처의 흔적이구나
대패질에 몸을 맡긴 나무야
묘비명 같은 옹이 자국으로 동그랗게 쳐다보는 나무야
나도 너와 다르지 않아서
지금도 물결로 일렁이고 있단다
방파제를 넘은 해일처럼 난파선으로 쓸리기도 하고
등대 같은 희미한 불빛으로
노동의 힘든 노를 젓기도 한단다
옹이투성이의 가슴이 너를 닮았구나
우리가 등을 맞대고 멀어지고 가까워지는 동안

결 하나씩을 인쇄하고 있었구나
세상의 결들이 속으로 새겨지고 있었구나

해바라기

해바라기야

햇살의 난사를 받아

온몸에 새끼를 포태시킨 해바라기야

허리를 비튼 목마른 들판에서

한때의 정사에 전율하는 해바라기야

화들짝 놀란 꽃잎이 다물지 못하고

온 엉덩이에 모래들을 박은 채

뜨겁게 괄약근을 조이는 해바라기야

은혜의 긴 혓바닥이 너의 음부를 핥고 있는 동안

저 깊은 자궁의 수축은

늘어진 이파리들을 자지러지게 떨게 하고

웃어야 할 때와 울어야 할 때를 잊어버린 잇몸은

시린 사과 한입 툭 깨물었구나

흰 구름이 서답처럼 내려와

억새들도 제 몸을 비비기 좋은 날

들판의 대낮에 목청을 틔운

나의 첫 경험의 목이 긴 해바라기야

온몸을 휘감아 숨통을 조이던 어린 해바라기야

해를 서산에 넘기고도

붉은 노을을 건져 올리던 나의 해바라기야

타이어

그녀가 말랑해졌다

톡톡 쏘는 말씨도 누그러졌고

집을 나설 때

시동 걸기도 전에 먼저 나서던 발이 좀 느슨해졌다

끌어안으면 팽팽했던 탄성이

오래되어 늘어진 테이프처럼 흐릿해졌다

절정으로 치달을 땐 심장이 터질 듯했다

가을을 탄다고 했고

몸살기도 있다고 했고

갱년기라고도 했다

미세하지만 핸들이 한쪽으로 쏠리는 느낌이 수상하다

내가 많이 타봐서 알지만

승차감이 확실히 예전 같지 않다

어디가 새는 것일까

엉덩이를 툭툭 걷어차 보니

잔뜩 풀이 죽어 있다

모래시계

태양을 따라 서쪽으로 날아갔다

신의 소리가 가까워져 더 성스러워졌다

날쌘 것들이 잽싸게 달아나 고적한 사막

적요를 되새김하는 등 굽은 낙타와

올가미를 벗어난 낮달이 반쯤 허물어져 있었다

수시로 거친 모래 결이

신의 방향으로 날을 세우고

눈만 남긴 검은 옷의 여인의 기도가

울음의 날에 베이는 시간

신은 스스로 기울기를 새기고 지우고 계셨다

단도(短刀) 같은 용서만 있는 그곳

아무것이나 함부로 허용되지 못하여

낮게 비워둔 공간

시간이 쌓이고 내려앉고 있었다

여우의 긴 울음이 지평선을 부르고 있다

소문

1.

망치에 못이 튕겨 달아났다
책상 밑이며 의자 뒤까지 눈알을 보냈다
목을 젖히고 팔을 뻗었지만 저 구석까지는 너무 멀다
분명 그가 그림자를 보듬고 모퉁이를 돌았고
몇 번의 마찰음은 그것을 증명했다
증인은 어둑한 가로등과
이 빠진 누런 달빛이다

2.

그는 뼈에 살을 채우며
죽순처럼 훌쩍 키를 키웠다
걸음보다 먼저 뛰는 것을 배웠다
언제나 속도보다 먼저 담을 넘었다
족적으로 보아 맨발임이 틀림이 없지만
축지법을 쓰는지
언제나 잡히는 건 바람뿐이었다

3.

그를 씹어본 입들이

동그랗게 둥둥 떠다닌다

입 냄새는 전염성이 강했다

바이러스가 귀를 간질이고 있다

직벽에 부딪친 파도 소리가 해안선에 드러누웠다

모닥불

날벼락이지
적개심도 없었고 성벽을 넘은 것도 아닌데
누가 머리맡에 불을 질렀어
재주래 봤자
엎드리는 것밖에 없는데
어쩌자고 불을 질렀어
마른버짐처럼 언 땅이 녹아가고
바람이 낚아채는
혓바닥은 어둠의 자궁을 핥고 있어
탁탁 뼈마디 튀는 소리들과 절정의 은밀함이
메케한 연기와 함께 깊은 심지를 돋우고 있어
불길도 소리가 있다는 것을 처음 알았지
허물을 벗는 소리 같기도 하고
서리가 녹는 소리 같기도 하고
틈새를 삐져나올 땐
깃발이 무참히 펄럭이는 소리 같기도 해
야멸친 것들이 무너질 땐 더욱
금속성 음정이 허공을 뚫는 소리를 내기도 하지

날개 잃은 것들이 무덤처럼 쌓이고
꿈틀대는 것들은 관절의 아귀가 뒤틀리고 있어
누가 성냥개비 대가리를 확 그어버렸어
화약 냄새가 아직도 손톱 밑에 누리게 남았어

초승달

새벽이 달그락거리며 찾아왔다

눈꺼풀이 무척 지친 모습이다

발바닥을 숨기던 소리들도 모양을 내기 시작했고

감춰진 것들이 차츰 윤곽을 갖춘다

거추장스러운 수식어들이

길바닥에 수런거리며 어둠을 주워 담는다

가려져야 할 것과

드러내야 할 것이 자리를 바꾸고

별빛은 다시 은하로 돌아간다

수신이 멈춘 메시지들이 하나씩 눈을 뜨고

신은 또 은총을 망설이고 있다

소금

맨발이었다

사막을 혼자 걸어 나왔다
초승달을 걸머지고 별을 점치며
폭풍의 모래언덕을 넘었다
야르딘은 더 이상 마법을 걸지 못했고
신기루는 손가락 사이로 빠져나가는 바람일 뿐이었다
피 맛을 아는 전갈은 발뒤꿈치를 노렸고
늙은 여우는 지쳐가는 눈빛을 영악히 읽고 있었다
반달칼에 찢겨진 하늘
이념의 깃대에 잠시 펄럭이긴 했지만
갈증의 시대를 가리진 못했고

맨발일 뿐이었다

고무줄

탱탱하게 잡아당긴다
잠든 꿈들이 일제히 눈을 뜬다
부식된 기억들이 팽팽하게 늘어지며
박힌 것들이 실눈을 뜬다
간밤의 어둠들이 녹처럼 툭툭 떨어진다
꿈의 순도와 연결을 저지했던 저 덩어리들
악몽을 쑤시던 뾰쪽한 모서리들도
간당간당 떨어진다
뱉을 수 있다는 걸 왜 몰랐을까
쪼여 살았던 관절이 늘어지며
움켜쥐었던 것들이 탄성에 불거진다
항복점에 다다른 고무줄이
아래위로 요동을 치며 비명을 지른다
팽창의 한계점에서 파르르
긴장은 음계를 건드려서 울음이 된다
누가 양 볼을 잡고 늘어진다
해의 혓바닥이 수평선에 불거져 나온다

입술

어둡고 무척 습하였네
가끔씩 박쥐 떼가 몸서리치는 두려움 던지고 가네
시간이 맞닿아 키를 키워가는 석순
마침표처럼 굽은 자세로
허방의 어둠을 딛고 섰네

돌 부스러기의 파열음이
깊이의 고요 속에
아득하네

업경대 앞처럼
생의 긴 행렬이 스쳐갈 때마다
산발한 내 모습은 절룩거리며 휘청거리네
간짓대의 만장처럼 내 이력은 펄럭이고
매듭에 맺히는 저 깊은 눈
명징한 잣대

차가운 물 한 방울

목덜미에 침묵의 전죄를 묻고 있네

숨겨둔 사진첩의 그녀
끝내 입술을 열지 않네

동창회

누구의 억울한 목을 땄다
거품이 한숨처럼 모가지에서 튀어 올랐다
잔을 부딪치고 건배를 외쳤다
와장창
유리창이 깨어지고
파편들의 눈들이 빛나기 시작했다

목청을 높였다
위하여—

운 좋은 한 녀석을 또 돌판에 눕혔다
그는 뜨거워서 자지러지게 뒤척였고
잘 익은 육즙 위에 소금이 사정없이 뿌려졌다

모두를
위하여—

한숨을 거품처럼 삼키며 이빨 사이에 질경질경

살점 한 점씩을 나누어 씹었다

송곳니를 드러내고 씹어야만 처절히 살아남았다

아구통*이 얼얼하게

모두가 억울한 사람들만 모인 밤이었다

---

* '입'을 뜻하는 경상도 사투리.

별당 아씨

나직이 장독대 지나
장지문지방을 엎드려 건너던
행랑채 부뚜막의 무쇠솥은 더욱 끓고 있습니다
실한 장작들이 우두둑 뼈마디를 녹이는 불꽃들이
아궁이를 구석구석 핥는 동안
이부자리 반듯한 아랫목도 쩔쩔 끓고 있습니다
원래 달구어진 것들은 여간 위험한 것이어서
끓는 물도 한숨을 토하며 어쩔 줄 모르고
까치발로 서성대던 토담 밑엔
서답처럼 붉은 참꽃도 등짝이 아프도록 한참입니다
한눈으로는 다 채울 수 없는 악양 평사리
새들도 단박에는 다 나를 수 없어
죽지 저리는 저 들판
햇살이 무겁게 덮쳐 이제 싹들의 눈들도 푸릅니다
버선발로 따라 나선 산허리마다
벚꽃들의 목덜미가 허옇게 부시고
숭숭한 산죽들의 맨살도 살갑습니다
산허리 돌아가는 바람의 기별에 화들짝 놀라

닫힌 듯 열려 있는 헐거운 저 빗장

아씨
먼 산의 눈도 이제 다 녹았습니다

징

골마다 패인 저 울음
얼마나 맞아야 다 게워놓을까

자진모리 한마당에
지친 삭신

또 얼마나 맞아야 끝이 날까

귀가

인대가 늘어진 발목을 절며 계단을 오른다
삐거덕거리는 관절의 부축을 받으며
꾸부정한 그림자의 손을 잡고 따라 오른다
길의 기억을 위해
센서 등은 자동으로 켜지고 꺼지며 등을 민다
한때는 와르르 웃음이 무너지던 현관문의
비밀번호를 딴다
막혔던 어둠이 밀물처럼 밀려들어 와
잠시 압력에 흔들리다 중심을 잡는다
길들여짐에 익숙한 손바닥
잘 정돈된 어둠으로 안내한다
무음의 세계가 진공처럼 비어 있다
눈이 거추장스러운 세상
마침표들은 모두 은하로 떠났고
블랙홀이 모든 빛들을 삼켰다
나는 원 안에 갇혀 까만 점으로 웅크리고 있다

정(釘) 2

돌에도 결이 있다
약점을 숨긴 돌의 침묵
저 단단한 속을 짐작해보고
망치로 전신을 두드려본다
오금이 저리는 곳은 소리가 다르다
장갑 낀 손에 간헐적 반응이 온다
악보보다 빠른 맥박과
계명도 없어 거칠어지는 소리
딱 그 부분

정(釘)의 눈이 빛난다
원시의 내력을 삼킨 우주가 세로로 벌어질
딱 그 부분
창조의 순간은 단순하다

한 호흡에 깊숙이 파고든다
미세한 금들의 신음 속으로 더 깊이 파고든다

돌의 침묵을 깬다

금속 마찰음

빅뱅이 이루어지고 있다

월드컵

월드컵 경기가 한참일 때
나는 강변을 걸었다
독일과 한판 승부인데
질 게 뻔한 승부에 애달아 하기 싫었다
수비만 하다가 헛발질이나 하는 것이
내 모습 같아서 더 싫었다
그때 와 하는 고함 소리가 터져 나왔다
어쩌다 기회였겠지
똥볼을 차고
골대를 비껴나고 머리를 쥐어뜯는 모습이겠지
어쩐지 내 모습과 닮은 것 같아서 싫었다
그런데 막판에 이겼다
처음은 어부지리 골이고
다음은 초조한 상대의 마지막 허점을 파고든 골이다
내가 처한 골이다
따라 눈시울이 붉어졌다

나에게도 그런 운이 올까

>

바람을 가르던 그물망 같은 내 아랫배가
출렁거렸다

캐비닛

다이얼을 돌리고 열쇠를 젖힌다
이중으로 잠긴 비밀들의 입이 굳어 있다
이끼 낀 기억들을 한 장씩 넘기면서
기억되지 못한 것들의 끊어진 마디를 찾는다
토막으로 퇴화된 비밀들의 매듭은 감겨 있었고
기억은 추달에도 끝내 실토하지 않는다
우리들은 오래 너무 멀리 와 있었다
간혹 점멸하는 불빛이 유성처럼 스치긴 하지만
신화는 늘 아득한 구전이다
잊지 못하는 것들의 몸부림에도
녹슨 단절은 이력을 전송하지 못하고
비밀의 문을 다시 이중으로 채운다
빗장의 이빨이
깨어나지 못하는 살점을 다시 물고 있다

제2부

슬픔은 푸른 것

슬픔은 푸른 것
모여서 더 푸른 것
낮아져서 흘러내릴 때
더 낮은 것으로 스스로 맡기는 것
실개천 지나서
강에 이르러서야
그 또한 혼자가 아님을 알게 되는 것
무수히 모여서
대해로 향하게 됨을 알게 되는 것
도란도란 나누며
모든 슬픔이 한 가지로 시작됨을 알게 되는 것
거기에 다 모여서
더 슬퍼질 수 없는 것
낮아질 수 없는 바닥에서
서로를 물끄러미 쳐다보는 것
슬픔은 더 낮아질 수 없는 것

용사의 사진

파도가 등을 미는 다낭 그 언덕배기에서
조제된 역사는
인멸되지 않는 증거를 위해 웃고 있었다
역광의 그늘에서도 시간의 합금을 위해
과녁처럼 버티는 용사들
이념의 총구를 옆에 끼고
높낮이가 다른 음계처럼 허공에 걸려 있었다
인민의 피를 적셔 붉게 흔들리는
저 인공의 깃발
새우등같이 웅크린 반도의 허리에
함성으로 채운 감격의 순간은 바다의 주름마저 펴고 있었다
이마의 생채기가 훈장처럼 빛나는
외다리의 투사
한때의 적이었던
함성과 포효와 주검을 견주었던 그들
사상이라는 몸서리치는 난장판에서
서로의 상처와 피를 구하던 그들이었다
이웃의 눈물들은 말랐고

포탄의 자리에는 들꽃이 피었지만
옹이에는 새순이 돋지 못했다
검은 총구는 앙금을 겨누고 있었다

갈릴레오

무거운 것이 가벼운 것과 같이 떨어진다는 것이
잘 이해가 안 된다
언덕길에서 화물차와 빈 택시가 같은 속도로
내려온다는 것도 이해가 안 된다
과학이 짧은 나는
달이 바닷물을 잡아당겨서 조류가 된다는 것이
참 어렵다
온 바다가 온종일 싸매고 다니고
섬 하나를 통째로 삼켰다가 뱉어내는
저 거대한 힘이
서로의 균형 속에서 생긴다니
더 어렵다
태양이 이 거대한 지구를 잡아당기고
보이지 않는 무수한 힘이 나를 잡아당긴다니
가까웠다가 멀어지고
멀어졌다가 또 가까워지는
인력이란 방정식은 더 까다롭다
누구와 가까워지고 멀어진다

늘어지고 수축되면서 수면 위에 버둥대는 나를 본다
누가 나의 양 볼을 잡아당긴다
눈물이 수평을 맞춘다

동결근

왼쪽 어깨가 이상하다
안전벨트를 매는데 팔이 통 돌아가지 않는다
만세삼창에 한쪽 팔만 올리는 불손을 저질렀다
오래 쓰지 않아서 회가 끼어서
물리치료를 꾸준히 해야 하고
심하면 수술까지 해야 한다고 겁을 준다
도수체조법을 일러주고
게으르지 말라고 다시 겁을 준다
쓰지 않아서 생기는 병이란다
쓰지 않으면 병이 된단다
자주 쓰지 않아서 또 병 하나 생기게 되겠다
아내는 나만 보면 밤마다 질겁을 한다
별을 헤아리는 밤이 흰머리만큼 많아졌다

퍼즐

그림 맞추기를 한다

교본을 보고 완성을 해야 하는데

침침한 눈과 굳은 머리가 여간 성가신 일이 아니다

쪽을 맞대보고

색깔끼리 연결해보고

아는 사람만 알아야 하는 법전의 조항이나

몰라도 아는 체해야 하는 난해한 시보다도

더 어렵다

참 할 일 없는 사람도 많다

뭘 이렇게 꼬아놓았는지

꼬맹이의 실망이 뒤통수에 와 닿는다

쉬운 것을 어렵게 푸는 어른이 한심하다

언제부턴가 뒤틀리게 보는 것에 익숙해졌다

바른 것도 꼬부라지게 보는 습관이 생겼다

깔깔대는 꼬맹이의 웃음도 엉켜 있다

나는 꼬여 사는 데 익숙하다

어느 등짝에 넝쿨처럼 감겨 빌빌 꼬며 살고 있다

비로자나불

나는 불경스러웠다
암호 같은 경전을 암송하는 동안에도
해득을 포기하고 불경스러웠다
신장들의 무서운 칼날 아래에서
무간지옥의 불길을 지켜보면서도 불경스러웠다
내 불알을 때리는 스님의 목탁도
바람과 눈이 맞아 교성을 지르는 풍경도
아랫배를 두드리는 법고도 모두 불경스러웠다
저만치 눈매 고운 아낙도
백팔배의 깊은 주름을 깁는 늙은 보살도
가부좌 튼 처사의 이상한 자세도 불경스러웠다
비로자나는
왼손의 검지를 오른손으로 감아 지녔다
중생과 부처가 하나고
미혹과 깨달음이 하나라는 수기인데
아내와 내가 하나 되는 생각이 자꾸 떠올랐다
검지와 중지 사이에 엄지를 끼우는
암호 같은 수기

돈오돈수일까 점수일까

화탕지옥에나 빠질 불경이다

마취

주술을 하는 동안 눈을 감고 있었다
숱하게 신에게 다녀와서
애매한 말들을 머리통에 붓는 동안에도
제단의 양처럼 순하게 모로 누워 있었다
준엄하고도 단호한
그러나 약간은 서툰 어조에도 간단히 승복하고 있었다
경계를 넘어 저 먼 은하를 건너고
태생의 씨앗이 있는 벌판에서
맨몸으로 어둠과 엉키곤 했다
꺼풀에 쓴 눈알은 더 어둑했고 흑백의 세계여서
인식은 잘 인화되지 못했다
부피가 없는 공간과 시간이 정지된 황야에서
흐느적거리는 것이 비로소
나라는 것을 흐릿하게 예감할 수 있었다
아주 높이 올라온 것 같은데 별도 달도 보이지 않지만
어둡다고 깜깜한 것은 더욱 아니었다
어느 갈라진 틈새로 빛으로 빠져나와
회색 벽을 낯설게 쳐다보고 있었다

신은 기억을 앗아갔고

나는 부활을 인정하게 되었다

남강 유등 7

달을 끌어내려 과녁으로 삼았다

탱탱한 시위의 살은
사정없이 명중했고

쟁그랑

온 강이 파편투성이다

속절없는 눈부심
모두의 뒤꿈치가 아리다

돈오돈수

탁하고 치니

퍽하고 들어갔다

할(喝), 하고 외쳤다

내가 못에 걸렸다

산은 산이고 물은 물이다

피가 났다

무척 아팠다

금연

담배를 끊으려고 보건소에 갔다
스물댓쯤 되어 보이는 눈웃음이 이쁜 여자였다
나이를 묻고 하루에 몇 개비를 피우냐 묻고
술은 마시냐 묻고
몇 년을 피웠나 묻고
끊으려는 동기도 묻고 뭘 물을 게 그리 많은지
묻고 또 물어서 좀 창피하였다
어떨 때 가장 간절하냐고 묻고
저 은밀한 사생활을 묻고
숨긴 것은 더 없느냐고 또 물었다
실토의 빨대를 힘껏 불어 보라는데
눈알까지 바람이 새어 나오며 빨간 불이 선명했다
그녀는 고개를 끄떡 했다
경찰서 조서 같은 금연서약서를 쓰고
파카 냄새나는 파이프와 껌과 패치를 받아들고
정문을 나오면서
마지막 결심의 담배 한 대를 힘껏 빨았다

여자에게서 전화가 왔다
관계를 끊으셨냐고
중이라고 답했다
하마터면 다 불 뻔했다
마지막 결심의 담배를 다시 물었다

간절한 게 너무 많다

불안

비 오는 날은 좀 우울하다
특히 강풍이 폭우와 몸을 섞는 날은 더 그렇다
창틈 구석구석까지 바람이 비를 모시고
은밀히 그녀의 침실을 기웃거리거나
그녀가 허리를 눕히고 자지러질 시트에
쥐새끼의 눈물 같은 얼룩이 먼저 드러누울 때에는
참으로 난감하다
물이나 사람이나 앞선 놈을 따라가는 습관이 있다
낮은 곳으로 가야 하는 제 길을 알아서
저 미로 같은 틈새에 몸을 비집고 어디든지 적신다
갈라진 틈을 일단 막아 해결하지만
불안한 내 불알이 쪼그라질 때가 많다
비 오는 날은 그래서 더 우울하다
막아야 할 곳이 너무 많다
전화통도 뜨거워서 난리다

첨성대

동쪽의 별이 서쪽 지평선에 걸릴 때까지
저린 발을 주무르며 졸고 있었을 것이다
헤아리다 또 헤아리는 저 많은 별들을
헤아리다 헤아리다 까먹고 또 헤아렸을 것이다
손가락으로 짚어보고 연필로 쓰는 동안
별은 생겼다가 사라지곤 했을 것이다
우리가 꿈꾸었던 그 많은 언약처럼
다지고 다지다가
또 까먹었을 것이다
깜깜한 밤하늘을 헤아리는 오늘처럼
헤아리고 또 헤아렸을 것이다
손가락을 접고 발가락마저 다 접어
몇 번이고 몇 번이고 접고 또 접었을 것이다
그 별이 그 별이고
저 별이 저 별인 것처럼
깜깜한 밤하늘에 별을 새기고 지웠을 것이다
돋아나고 사그라지는 오늘처럼 짚고 또 짚었을 것이다

단풍

동이 트나보다

창호지의 격자문양에 새벽이 어른거린다

밤을 뚫은 담배꽁초가 패잔병처럼 쌓였다

뿌연 연기 속에 지폐는

썰물의 해초처럼 안겼다가 금방 쓸려 나간다

끗발은 구멍 난 양동이처럼 자꾸 새어나가고

그래도

내가 욕심을 내어야 할 한판은 쉬이 오지 않는다

숨소리도 들키지 않는 눈빛

심장의 박동을 잠깐 닫아야 하는

주린 상대가 먼저 물고 늘어져야 하는

딱 그 한판

낚시의 밑밥이 동이 날 무렵

툭 입질이 왔다

불알이 짜릿한 어감에

말초신경은 혈압을 끌어올렸고

엄지와 검지 사이에 때늦은 국화 두 송이를 낚아채었다
나는 무거운 것들을 모조리 비웠다
뼈마디까지 비워 새들보다 더 가벼워 버둥거렸다

단풍은 국화보다 늦게 피는 것을 그때 알았다
하늘이 벌겋던 저 단풍
손가락이 째져 피를 철철 흘리던 저 붉은 단풍
아내가 노름 귀신 쫓는다고 뿌린 한 주발 소금에 쫓겨난 저
단풍
지금 세상에 장땡으로 와 있다

명도

점집에 갔다
휘파람은 엽전을 자꾸 내 앞에 던지며
희멀건 눈으로 흘겨본다
뭔가 할 말이 있는데 망설이는 것 같다
궁금한 게 참 많은 아내는
연신 맞장구를 치며 보살의 입을 다그친다
촛불이 떨리고 대쪽이 흔들린다
명도는 연신 동자를 부르는 듯
뭐라고 알 듯 알 듯 중얼거린다
게슴츠레한 눈빛이
탁, 갑자기 엽전을 손바닥으로 덮는다
탱화의 눈들이 무섭게 빛나기 시작했다
갑자기 소변이 마려웠다
복채가 아까워 구시렁대는 아내의 손목을 잡고
잽싸게 빠져나왔다

정적

날카로운 소음 속에 정적이 압정처럼 꽂힌다

침묵은 스위치를 일시에 내리고

불안은 금세 비상등을 켠다

모든 마찰음들이 동시에 입을 다문다

직감은 속도가 없다

망막에 인화되는 시각이 어딘가 초점을 맞춘다

호루라기가 귀를 찌르며 달려간다

무대

어두워지고 있다
지상의 모든 빛들이 모여 서쪽은 더 붉어지고
타다 남은 하늘만 잿빛으로 만져지는 강변
광장에 날리는 비닐처럼
떠났던 확성기의 소리들이 담벼락을 비비고 있다
신발을 고쳐 신은 사람들이 붉게 돌아가는
의자엔
너절한 전단지들만 남았고
쉰 목소리의 바람만 깃발 위에 걸리었다

이제 광대들이 핏기 없는 화장을 지우며
쉰내 나는 옷들을 팽개치고 맨살을 보여주는 시간
생을 위장했던 무대들도 뼈다귀를 추리며
긴 한숨들의 눈은 더 어두워지고 있다
언제나 주연이면서도 보조인 나는
뽑혀진 못처럼 꾸부정히 바닥을 찾는다

함성이 떠난 자리

그 뒤편의 진공

쉼표 같은 그 공간에 마침표처럼 작아져 쪼그리고 앉는다

종일 가슴을 밟던 그들은 총총히 떠나고

지친 발자국들이 툭툭 종아리를 걷어찬다

걸레論

바닥을 훔치는 일
종일 구시렁거리는 일에도 제법 익숙해져 있다
재수 좋은 날만 기억한다
재수 없었던 일들은 기억에서 지운다
지울 수 있는 것과 지울 수 없는 것
기억하고 싶은 것과 기억되지 않는 것들이
무릎을 꿇고 손바닥을 따라 다닌다
탄성의 바닥들은 낯선 얼굴로 자주 등장하고
은밀한 것들도 간혹 때깔로 돋아난다
잊어야 할 것들에게 더 공손해져야 한다
익숙해지는 것은 길들여지는 것이다
조금씩 더 발뒤꿈치에 깔리는 일이다
지우는 것에 더 익숙해져야 살아남는다

산사 음악제

음표 하나를 저 어둠에 던진다
파문으로 일렁이는 저 허공
새떼들은 일제히 별을 향해 돌아앉고
바람들이 우러러 모여 둥지를 틀었다
배암들이 선잠을 설치고
목어의 이빨이 치솟는 동안
운판은 벌써 하늘을 쪼아댄다
달이 흉측하게 찢겨져
제 몸에 구멍을 내며 스스로 울자
꼬리 잘린 음표들이
산란장의 연어 떼처럼 숲속에 나뒹군다
절집이 쑥대밭이 된다

내용증명

봉투를 뜯었다
그의 말씀이 열렸다
붉은 밑줄을 그어가며 가시를 순하게 포장했다
빈틈이 많은 사실은 진실을 위장했고
금 간 곳을 때운 구석에 허방이 깔려 있다
단순히 발목을 노리는 올가미는
방심에 기댈 수밖에 없다
칼을 다루는 가장 좋은 방법은
칼을 먹는 줄도 모르게 단숨에 숨통을 끊는 것
완벽한 차단은 퇴로가 없다
밀린다고 지는 것이 아니다
공격과 공격 사이의 맹점은 치명적이다
헛디딘 발이 등짝을 보일 때 후회는 꽂힌다
대물은 아무거나 물지 않는다
어종에 따라 낚시법도 달라야 한다
선택의 부재로
스스로 미끼가 된 말씀에 띠지를 붙여 가두어 둔다
그의 말씀의 빈틈이 오길 또 기다린다

지뢰를 길목에 깔았다

나는 시방 영악한 짐승이다

다림질

아내는 늘 뜨겁게 다스린다
구미에 맞게 엎드리게 하여
어깨며 등짝이며 분무기를 칙칙 뿌리고
쭈그러진 팔을 펴고 주름을 빳빳하게 다스린다
와이셔츠는 늘 결백해야 하고
넥타이는 반듯하여 한번만 잡아당겨도
숨이 막히게 더 산뜻해야 한다
차렷 자세는 어디에도 구김 없이 반듯하여
의심이 드나드는 바지의 자키 선은
더욱 힘이 들어가 반들거리게 다스린다
허리는 가끔씩 접혀서 비명을 지르기도 하여
순종에 길들여져야 한다
추운 베란다에서 끌려 들어와
전능한 눈초리가 정하는 순서대로
한 무너기씩 추슬러
불을 다스리는 손길에 뜨거워져야 한다
나는 언제나 구질하고도 반듯하게 다스려진다

제3부

못 3

서툰 솜씨였다
관통하지 못하고
목재의 살만 헐게 했다
미리 힘이 들어가 있는 동작은
타점의 겨냥이 서툴다
빗나간 표적은 종종 남의 생살을 앓게 하여
오뉴월에도 몸살을 견디게 한다
날카로운 끝
삐걱되는 문틀 속에 그녀의 울음이 갇혀 있다
백일홍은 백일을 넘지 못한다
급소가 빗나갔다
사리가 뾰쪽하다

못 4

못을 잘못 쳐서 옆에 다시 하나 박았다
구부러진 발목을 피해 목재 깊이 박았다
비딱한 대가리가 흉해서 더 깊이 박았다
좁은 바지통에 다리 두 개를 넣은 것처럼
어정쩡한 자세가 여간 불안하지 않다
차가운 금속성의 사내가 사내를 밀어내고 있다
밀리는 사내가 벽을 차고 있다
밤마다 거친 뼈다귀에 신음이 새어나온다
어정쩡한 모서리의 배가 자꾸 불러오고 있다

방수 2

누가 저 깊은 고요의 맥박에 칼질을 하였는지
온 바닥이 핏자국으로 질펀하다
죽음이 서식하기 좋은 지하주차장 모서리
수직과 수평이 각으로 만나는 곳에
연장들을 내려놓고 현장검증을 실시한다
몇 사람의 조사반은 타이어에 의한 압사라고 추정하였으나
실체는 부검에 의해서만 증명되는 것
푸른 겉옷을 벗기고 메스를 대자
얼마나 고통을 참았는지
고였던 울음이 바닥을 솟아오른다
멍든 한 생
울음이 울음을 끌고 들어와 울음도 곡조가 되는 그곳에
갈비뼈가 장기를 찌르고 살이 썩어 있었다
부고를 접한 사람들이 하나씩 모여들고
근심의 주름이 더 깊은 상주와 봉투를 흥정하고
엄숙한 모터는 사이렌 소리를 내며
주검을 다음 세상으로 옮기기 시작한다
하수구에 피비린내가 물씬하다

목수들의 싸움 수칙

일단 연장 벨트를 푼다

거기에는 망치 못 톱 칼 끌 등 살상무기들이 있기 때문에

우발적인 사용을 방지하기 위한 신사협정이다

안전모를 벗는다

상대방의 주먹을 보호하고 무력을 인정하기 위함이다

공간을 확보한다

주변에 날카로운 흉기들이 산재해 있어서

예상을 벗어난 결과를 염두에 둔다

모두가 심판이다

심심한데 왜 말리나 혹여 다음을 위해 실력을 저울질해본다

시작과 끝은 외부에 노출하지 않는다

대체로 거푸집에 둘러싸여 있어서 절대 보이지 않는다

넘어진 상대는 공격하지 않는다

혹시 결과가 무섭기 때문이다

멱살잡이에서 그레코만 형태로 끝나지만

승자와 패자의 표정은 완연하다

반드시 저녁엔 형님아, 아우야 소주가 등장한다

그들은 무척 힘이 세다 특히 팔심이 세다

동네 건달이 까불다 한 방에 둘 다 나뒹구는 것도 봤다

얇은 시인들이여

절대로 그들과 맞붙지 마라

내가 그들의 대장 노릇을 몇십 년 해서 너무 잘 안다

나도 좀 한다

레미콘

레미콘을 타설하고 발을 디뎌본다
채 굳지 않은 암팡진 것이 제법 발목을 받아들인다
닐 암스트롱처럼 발자국을 남겨본다
첫 경험의 수줍은 속살이 부드럽게 조여오며
밀리는 파문에 경련이 인다

아, 너도 제법 싱숙한 여자였구나
거푸집 속에 철근과 몸을 엮은 순백의 맨살이 제법 조근하
구나
이제 다부지게 바닥이 되어
흰 목덜미에 굳은 지조의 언약을 새기고
정화수 한 사발에 부끄러이 고개를 숙여도 되겠구나

밟고 밟히는 힘든 세상 깍지 낀 손마디로 단단히 끼여서
쩔쩔 끓는 대낮 입도 귀도 닫아 저 속타는 날
장대 같은 빗소리에 울음 토하고
그냥 그냥 버티며 살아갈 수 있겠구나
아차, 내가 미처 그런 줄 몰랐구나

그래라 이것아 야무지게 살아봐라
모질고 끈기 있게 살아봐라
한 번씩 먼발치로 다녀올게
그림자 깊은 날 발자국 삭이며 먼눈으로 다녀올게

여린 이것아

악덕업자

얼레에서 끊어진 방패연이 허공을 날았다
비상은 창공을 높였고 지상은 이마를 좁혔다
양력을 받은 죽지는 상승기류를 탔다
껍질을 벗은 병아리처럼
노란 부리로 세상의 문풍지를 쿡쿡 찍었다

경지의 비행술은 착지가 서툴었을까
구름이 묻은 깁스에 목발을 창처럼 짚고 그가 돌아왔다
칭기즈칸처럼 점령군으로 몰려왔다

분배의 익숙한 흥정이 시작되었다
계란껍데기 같은 배짱과 함성이 방패처럼 부딪치고
전진과 후퇴의 교란술에 연막은 세상의 눈을 찌른다

꽁초가 전사자처럼 쌓이고
교범처럼 그는 조금씩 지쳐가고 아낙의 목이 더 쉬어간다

문자를 보낸다

버텨라

불알에 힘을 주고 더 버텨라

합의서의 서명난이 뜬눈으로 버티고 있다

폐목 火

못질을 받아들이기엔
상처가 깊은 것들이 한 무더기로 실려 온다
쌩쌩한 회전 톱날과 망치의 이마빡을
모질게 견디던 골병든 놈들이 포승줄에 묶여온다
훈장 같은 못 자국들
봄날의 제비처럼 나르다 온통 이빨 허물어진 놈
어느 모서리 아랫도리 튼튼히 떠받히다 허리 젖힌 놈
공중제비 넘다 다리 부러진 놈
맨살이 윤기 있어 모질게 대패질 당한 놈
사연을 너절히 달고도 아직도 영문 모르는 놈
아직은 아닌데 재수 없게 따라온 놈
호명을 하고 끼리끼리 불꽃으로 온다
씩씩거리며 온다
굳은살 손들이 새벽을 쬐는 동안
얼 받아시 시퍼렇게 할 말들이 온다
할 말들이 모조리 불꽃으로 탄다

바로 세우기

8층 건물이 기울어졌다
피사의 사탑처럼 기울어졌다
한쪽 다리를 들고 오줌 누는 자세가 되어서
고개를 갸우뚱하고 서 있다
수도관이 터지고 배수관이 터지고
햇살의 그림자도 삐딱하게 쓰러졌다
이유는 간단했다
부등침하다 압력이 균일하게 받지 못한다는 것이다
쉽게 말하면 기초가 부실하다는 어려운 말이다
설계자와 감리자와 시공자가
모두가 잘못한 것이 없다는데
건물은 기울어져 있다
초대형 자키를 대령하여 엉덩이를 떠 올리고
저 깊은 암반까지 파일을 다시 박았다
진작 그렇게 할 것이지
기술적으로는 재발할 염려가 없지만
기울어졌던 것들은 기울어진 것에 익숙하다
근심의 무게가 자키에 들려 있다

도로 공사

신작로를 내기 위해 벌목을 한다
우리들의 빠른 발걸음을 위해
측량선을 긋고 푸른 하늘을 향해 길을 낸다

내가 할 수 있는 건
나무에게 한 잔 술과 세 번의 절뿐이다
우린 이렇게 만나야 하고 헤어져야 한다

체념의 몸통에 다 올리지 못한 수액이 뚝뚝 떨어지고
둥지 잃은 새들의 고함 속에
버거운 생들이 옆으로 기운다

길은 언제나 시작이 끝점이다
가려 있던 하늘이 더 푸르게 휜다

오늘밤은 북극성의 성좌가 더 또렷할 것이다

현장일지 3

도목수가 태양의 대가리를 찍었다

서쪽하늘이 핏빛이다

얼른 얼른 그림자를 말아

허공에 걸친 소리들을 음계에서 떼어낸다

민원이 많은 골목들도 썰물의 조개처럼 입을 닫고

한 무더기 어둠들로 귀를 씻는다

종일 때리고 얻어맞던 못과 망치가 불편한 화해를 하고

허리를 베던 톱날도 겸연쩍게 목재의 등에 체온을 기댄다

안주 없는 소주로 위를 헹구고

허공의 말들이 지상의 쉼표같이 뒹구는 시간

내일의 빡빡한 일정들을 연장들도 엿듣고 있다

공기 독촉의 붉은 계고장

달력 한 칸을 사선으로 긋고 섰다

마침표 없는 걱정이 물바가지 깨알같이 눌어붙었다

모진 하루가 모진 하루를 불러들이고

내일도 이 골목엔

처절한 시 한 편이 피나게 쓰일 것이다

안전화(安全靴)

안전화를 신고도 못에 찔렸다

철저한 방어망이 뚫렸다

불안한 수비를 헤치고 틈새를 파고들었다

벗은 양말에 피가 흘렀다

더 이상 안전을 담보하지 못했다

그녀가 암호를 풀었다

완벽한 방어망이 무너졌다

그녀의 시선이 두꺼운 낯가죽을 뚫었다

더 이상 안전지대가 아니다

발가벗겨져 피가 흘렀다

망치가 못대가리를 패고 있다

납작 엎드린 못처럼

모두의 등이 굽었다

도배

날렵한 칼날에 모서리를 베이고
듬직한 풀 빗자루가 등짝을 지나도록
넙죽 엎드려 있어야 했다
바닥부터 키가 닿지 않는 저 높이까지
늘씬하게 온몸을 더듬는 동안에도
눈을 감고 부끄러워해야 했다
손바닥은 민첩했고 호흡은 가빴다
구석과 구석이 아귀를 맞추고
틈과 틈 사이
더 깊은 밀착을 위해 다듬는 사람도 긴장했다
풀칠은 견고했고 사랑은 위대했다
처음이었다
오래되었다
아직도 그의 집을 지킨다

추적

옥상의 균열 부분에 붉은 잉크를 붓는다
비만 오면 천장으로 찾아오는
비밀통로를 탐색하는 일이다
다니는 길이 모조리 붉은색으로 물들면
분명 붉은 잉크를 뒤집어쓰고
억울하게 나타날 것이 분명하다
헐거워진 철근 사이에 숨어 있었거나
함부로 몸을 섞지 못한 모래알들의 반란일 게다
지명수배령을 내리고 전단을 붙인다
갈래 많은 골목길에
발자취를 쫓아 올가미에 매는 작업은
매서운 육감과 날카로운 눈빛이 필요하다
징후는 소리가 없다
경험은 지혜다
젖으면 넘치고 넘치면 흐른다
불난 목욕탕의 아낙처럼
얼굴만 가리고
맨살로 뛰쳐나올 것이 분명하다

고장 난 벽시계의 불알들이 축 늘어져
잠복근무 중이다

망치 3

달을 허물고
새살을 채우는 동안
가려진 것들이 조금씩 돋아나고 있다
난생의 껍질을 깨트리는 일처럼
부리로 툭툭 성호를 그을 때마다
하늘은 붉게 상처를 내보이고
적막에 묻힌 소리들은 기억의 회로를 더듬는다
퇴화를 미룬 발톱에 빠르게 맥박이 뛰고
외마디 비명으로 울대가 진저리 칠 때
저 붉은 볏은 이미 화엄이다
합판들이 가늘게 떨며 하중을 견디고 있다
중력이 발목을 잡고
깊숙이 끌어내리기 시작한다

안전 기원제

몸통이 가마솥에 삶아지는 동안에도
지긋이 웃고 계신다
장작불이 뜨거운 한 생을 지우고
칼끝이 깊은 임종을 확인하는 동안에도
푸른 지폐다발을 입에 물고
잔잔한 눈웃음으로 지켜보고 계신다
소주잔의 취기와 함께
이탈의 헐거움으로
돌아가서야 제대로 대접받는 대갈통 앞에
시루떡이 놓이고
향을 사루고
제문을 읽고 차례로 절을 올리는 동안에도
웃고 계신다
지푸라기들이 바람을 쓸어가고
만장이 수많은 발들을 바쁘게 하는 동안에도
낡은 사진첩의 아버지처럼 웃고 계신다

단절

와이어가 끊어졌다
팽팽한 긴장의 소리가 우우 울리더니
턱 하는 파열음과 함께 터져버렸다
허공을 팽개치며 날아오르는 저 가닥들
S자로 비틀대며 채찍처럼 벽에 부딪힌다
엎드린 자들의 모가지를 지나서
유리창과 목재들을 단숨에 박살내는 저 힘
약해지면서 가해지는
무서운 단절의 힘
우리가 너무 오래 닳아서 파열하는
저 무서운 파괴력

동파

꼭지를 열어 두었는데도 물이 나오지 않는다
망치로 몇 번 쳐보고 흔들어도
눈물샘이 막혔는지 울지를 못한다
계량기의 눈금이 고정되어 있는 것으로 봐서는
어딘가 단단히 막힌 것은 확실한데
대체 거기가 어딘지 알 수가 없다
그런다고 저 깊은 땅을 다 파낼 수도 없고
궁리를 하고 있는데도 입주자들은 난리다
토치카로 입을 달구었다
추달에도 자백은 쉽지 않다
몇몇은 허리를 내려치고 머리를 흔들었다
증좌는 있는데 실토가 없는 깜깜한 지하실처럼
작은 신음만 먼 은하처럼 수신된다
차가운 것들을 차갑게 오래 두었다
차가운 것들이 너무 차갑게 뭉쳤다
소통이 차가워졌다
시간을 두고 좀 차근히 달래봐야겠다

궁합

포대의 실밥을 뜯자마자
시멘트와 모래가 엉겨 붙었다
뾰족한 삽질에 몸을 뒹굴고
삽 등짝으로 대가리를 내려쳐도
비명을 지르면서도 더욱 붙어먹었다
이것들이 벌건 대낮인 줄도 모르고
온통 땀투성이로 씩씩거린다
누가 가르쳐준 것도 아닌데
보자마자 이 난리다
벼락 박에 처발라 둔다
그래라 밤새도록 그래라
세상 끝날 때까지 그래라
나중에 헛소리하기 없기다
미장 칼로 다듬어주고 찬물 한 바가지 퍼 붓는다
말린다고 될 일이 아니다

난간 공사

다다름의 경계는 늘 위험한 것이어서
잔해의 비명을 쌓아가며
튼튼한 쇠기둥을 차례로 박습니다
찰나의 발목을 잡고
내리박는 망치의 마찰음이
벼랑 위에 꽂힐 때마다
철심은 잔금을 키워가며 깊숙이 파고듭니다
저 견고한 고요처럼
깊을수록 빠져나오지 못하는 맹목적인 생각들이
수만 갈래의 불꽃들로 이어지고
이내 쓰러지면서
드릴의 굉음은 온 가슴팍을 헤집습니다
세상의 등짝을 후려치는 죽비처럼

지금
경계의 끄트머리에
마침표 같은 볼트를 조이고 있습니다

장도리 2

대가리를 끼어서 힘껏 재낀다
못은 깊은 신음과 함께 꾸부정한 등짝이
새우등처럼 뽑혀 나온다
남의 살에 함부로 박히다니
젖니처럼 지붕에다 던져버린다

못대가리 문제로 동네가 시끄럽다
애초 잘못된 선택이었거나 구조가 바뀌었다
솎아내야 할 것이 너무 많아졌다
못들의 눈들이 빛난다
구멍이 숭숭한 세상이 될 것이다

생의 '수평'에 시라는 '경첩' 달기
―주강홍 시의 매혹

백인덕(시인)

1.

시간이 주는 지혜는 공평하고 거듭되면 넓고 깊어지기 때문에 깨닫는 이에게는 축복임에 틀림없다. 시작(詩作)도 마찬가지일 것이다. 작고하신 조태일 시인은 '시작법'을 다룬 저서에서 시작을 여섯 가지로 요약한 바 있는데, '자기 마음의 표현'에서 '자연과 우주의 신비를 탐구'하는 것까지 망라돼 있다. 치기(稚氣)로 접했을 때는 확장하는 시선이 위계에 따른 것인 줄로만 알았다. 되돌아보니 그 여섯 가지는 다 다르면서도 결국 같은 것일지도 모른다는 생각이 든다. 문제는 자기와 사회, 인생과 자연과 우주 모두를 아우르는 태도, 그러니까 '시적 자세'가 위계가 아니라 작품의 경중(輕重)과 공

감의 폭과 깊이를 다르게 하는 것일 뿐이다.

주강홍 시인은 자기 현실에 굳건히 서서 늘 성찰하는 자세로 일관하는 면모를 보인다. 한마디로 '실사구시'의 전형이라할 수 있다. 주지의 사실이지만 '전형'이란 장단점을 동시에함축할 수밖에 없는 개념이다. 변화를 추구하는 이들에게는지나치게 안정되어 보이고, 안정을 추구하는 이들에게는 일종의 '침묵'처럼 보이기 십상이기 때문이다. 하지만 매일 듣던 새소리도 음역을 바꿔 들으면 전혀 새로운 소리가 되는것이 또한 세상이다. 세계 자체의 이 다채로움에 비스듬히 기대 이번 시집을 일별한다.

시인은 두 가지 점에서 시작(詩作)의 기초를 전면에 드러낸다. 하나는 '사물'이 말하게 한다는 점이고, 다른 하나는 작품들이 스스로 완결되는 형식으로 마침표를 찍는다는 것이다.

상량식을 지낸 명태가 대들보에 걸리었다
허공을 건디는 새까만 눈과 마주쳤다
차렷 자세로 갈증의 입을 다물지 못하고
한 생을 버리고도 다 감지 못하는 저 눈
보이는 것만이 전부가 아니라는 듯
저쪽 세상처럼 깊다
한 시절 푸른 유영을 끝으로
눈 덮인 덕장의 유배를 거쳐

낚싯줄 같은 수평선에 묶이어 여기까지 왔을 터

벗겨진 비늘은 마지막 투쟁의 흔적이지만

아직 탄력을 잃지 않은 몸매는

금방이라도 속세로 뛰어들 자세다

망목이 좁은 그물을 따라

이방의 길을 나선 명태

못에 걸린 절집의 목어처럼

망치 소리에서 도(道)를 구한다

―「명태」 전문

　'명태'는 표제이고 대상이다. "상량식을 지낸 명태가 대들
보에 걸리었다"는 첫 구절에서 바로 확인되는 것처럼, 시인
은 대상을 본다. 이때 대상은 아무리 가깝더라도 나의 외부
에 위치한다. 거리, 즉 간격이 없으면 우리는 아무것도 볼 수
없기 때문이다. 하지만 시인은 대상을 묘사하거나 이미지화
하는 것에서 멈추지 않는다. 곧바로 "허공을 견디는 새까만
눈동자와 마주쳤다"고 밝힌다. 이 '마주침'은 어쩌면 시인이
시를 쓰는 최초의 그리고 가장 강한 동기일지도 모른다. 시
인은 이어 "한 생을 버리고도 다 감지 못하는 저 눈/보이는
것만이 전부가 아니라는 듯/저쪽 세상처럼 깊다"고 느낀다.
마찬가지로 시인은 「마태복음 17장 21절」에서도 '모기'의
"새까만 눈"과 마주친다. '명태'나 '모기'라는 이름이 중요한

것이 아니다. 물론 '마주침'이란 행위가 중요하다. 어쨌든 시인은 사물에 의해 환기되는 정서(감각이 인식으로 바뀌는 과정)에 의지해 시작(詩作)을 시작한다.

무거운 것이 가벼운 것과 같이 떨어진다는 것이

잘 이해가 안 된다

언덕길에서 화물차와 빈 택시가 같은 속도로

내려온다는 것도 이해가 안 된다

과학이 짧은 나는

달이 바닷물을 잡아당겨서 조류가 된다는 것이

참 어렵다

온 바다가 온종일 싸매고 다니고

섬 하나를 통째로 삼켰다가 뱉어내는

저 거대한 힘이

서로의 균형 속에서 생긴다니

더 어렵다

태양이 이 거대한 지구를 잡아당기고

보이지 않는 무수한 힘이 나를 잡아당긴다니

가까웠다가 멀어지고

멀어졌다가 또 가까워지는

인력이란 방정식은 더 까다롭다

누구와 가까워지고 멀어진다

늘어지고 수축되면서 수면 위에 버둥대는 나를 본다

누가 나의 양 볼을 잡아당긴다

눈물이 수평을 맞춘다

                                          —「갈릴레오」 전문

'스스로 완결하는 형식'이 작품의 폐쇄나 비개방성을 말하는 것은 아니다. 단지 작품에서 시인이 시적 대상이나 상황과의 관련성을 명확하게 해명하고자 하는 성향을 지칭할 뿐이다. 앞의 인용 작품에서 이를 확인할 수 있다. '나'와의 관계가 되거나 개념으로 명확하게 이해되지 않는 자연의 법칙들이, 가령 '인력'이 "누구와 가까워지고 멀어진다"는 생의 행위가 되고, 그것이 "누군가 나의 양 볼을 잡아당긴다"고 화자가 느끼는 것, 즉 어떤 방식으로든 관계를 해명하려는 의도가 시적 특징이 되고 있다.

특히 "누가 나의 양 볼을 잡아당긴다/눈물이 수평을 맞춘다"라는 부분은 주강홍 시인이 선험적인 본질이나 상황 이후의 의미보다는 '물질과 관계'에 집중하는 자세를 해명하는 데 중요한 상징을 내포하고 있다.

2.

그렇지 않은가? 수십 년 집을 지었다고 해서 터 파기나 기초공사 없이 벽을 세우고 지붕을 얹고 창문을 낼 수는 없지 않은가. 마찬가지로 수천 편의 시를 썼다고 해서 사출성형기처럼 시를 찍어낼 수는 없다. 동기와 결과보다 과정에 더 큰 의미를 부여하는 경우는 대개 이처럼 그 과정이란 것을 끊임없이 되풀이해야 한다. 그런 점에서 우리의 생을 적절하게 비유한다고 할 수 있다. 마찬가지로 '성찰'이란 동기도 되고, 목적도 될 수 있지만 시간을 주기(週期)라고 이해하는 순간, 연속적인 과정으로 이해하는 것이 더 바람직하다.

시인에게 자기성찰의 계기는 세 개의 방향에서 비롯한다. 하나는 일상에서 늘 마주하거나 다루게 되는 사물들을 통해서고, 다른 하나는 몸(신체) 또는 그것이 환기하는 시간 즉 상(像)에 의해서, 끝으로 시인의 존재적 '바람(희망)'이 있다.

> 나무도 물결이 있었구나
> 썰리고 밀려온 심장의 박동을 삼키고 있었구나
> 저 해안선의 모래들처럼 함부로 온몸을 맡기고
> 밤새 달빛에 출렁인 적도 있었구나
> 나직이 부르는 너의 이름에 수줍은 귀를 움츠리며
> 천상의 밧줄을 당겼겠구나
> 아 여기쯤
> 밤새 격랑의 저 검은 불안들이 벽으로 몰아쳐
> 빗장을 걸고 지키던 상처의 흔적이구나

대패질에 몸을 맡긴 나무야

묘비명 같은 옹이 자국으로 동그랗게 쳐다보는 나무야

나도 너와 다르지 않아서

지금도 물결로 일렁이고 있단다

방파제를 넘은 해일처럼 난파선으로 쓸리기도 하고

등대 같은 희미한 불빛으로

노동의 힘든 노를 젓기도 한단다

옹이투성이의 가슴이 너를 닮았구나

우리가 등을 맞대고 멀어지고 가까워지는 동안

결 하나씩을 인쇄하고 있었구나

세상의 결들이 속으로 새겨지고 있었구나

　　　　　　　　　　　　　　　　　　—「결」 전문

　식물도감에서 배운 나무나 수목원을 거닐다 껴안아본 나무
가 아니라 '대패질'이라는 행위의 대상이 된, 즉 '목재'로 제
고유한 특성을 잃고 용도로 거듭나야 할 사물일 때, 나무는
오히려 시인에게 정서적 반응을 촉발한다. 비로소 시인은
"나도 너와 다르지 않아서/지금도 물결로 일렁이고 있"다고
고백한다. 나무에게 '결'이 있음을 알게 되는 것이 '대패질'
을 통해서인 것처럼 시인에게도 상처와 회한의 '결'이 있음
이 드러나는 것은 '시'를 통해서일 것이다.
　뿐만 아니라, '망치'에 튕겨 달아난 '못'의 행방을 찾는 행

위에서 「소문」이 생겨나고 퍼져 나가는 것을 본다. 이는 「못」 연작에서 곧바로 드러나듯 "관통하지 못하고/목재의 살만 헐게 했다/미리 힘이 들어가 있는 동작은/타점의 겨냥이 서툴다"(「못·3」)는 '서툰 솜씨'를 반성하게 한다. 또한 "비딱한 대가리가 흉해서 더 깊이 박았다/좁은 바지통에 다리 두 개를 넣은 것처럼/어정쩡한 자세가 여간 불안"(「못·4」)한 모습을 되돌아보게 한다. 시인에게 일상에서 마주하는 사물들은 이처럼 자신을 돌아보게 하는 거울 역할을 하고 있다.

> 왼쪽 어깨가 이상하다
>
> 안전벨트를 매는데 팔이 통 돌아가지 않는다
>
> 만세삼창에 한쪽 팔만 올리는 불손을 저질렀다
>
> 오래 쓰지 않아서 회가 끼어서
>
> 물리치료를 꾸준히 해야 하고
>
> 심하면 수술까지 해야 한다고 겁을 준다
>
> 도수체조법을 일러주고
>
> 게으르지 말라고 다시 겁을 준다
>
> 쓰지 않아서 생기는 병이란다
>
> 쓰지 않으면 병이 된단다
>
> 자주 쓰지 않아서 또 병 하나 생기게 되겠다
>
> 아내는 나만 보면 밤마다 질겁을 한다
>
> 별을 헤아리는 밤이 흰머리만큼 많아졌다

　몸(신체)을 객관화해서 외적 대상처럼 인식하는 것은 거의 불가능하다. 영혼이나 정신, 심지어 마음과 분리시키는 데는 익숙하지만 몸이 자기 방식대로 기능하고, 때로는 의식하지도 못하는 순간에 무너질 수도 있는 대상이라는 사유에는 좀처럼 가닿기 어렵다. 시인은 문득 '동결근'이 예전처럼 작동하지 않는 것을 깨닫는다. 특유의 익살로 "만세삼창에 한쪽 팔만 올리는 불손을 저질렀다"고 에둘러 표현했지만 단순히 손을 올리는 동작도 하지 못할 만큼 증상이 심각했던 것이다. 그런데 더 어처구니없게도 "오래 쓰지 않아서 회가 끼어서" 생겼다고 한다. 신체활동으로 자기를 실현해왔던 시인에게는 충격이 아닐 수 없었을 것이다. 나아가 "경계를 넘어 저 먼 은하를 건너고/태생의 씨앗이 있는 벌판에서/맨몸으로 어둠과 엉키곤 했다/꺼풀에 썬 눈알은 더 어둑했고 흑백의 세계여서/인식은 잘 인화되지 못했다/부피가 없는 공간과 시간이 정지된 황야에서/흐느적거리는 것이 비로소/나라는 것을 흐릿하게 예감할 수 있었"(「마취」)던 경험이 덧붙여져 시인에게 또 다른 성찰의 계기를 형성한다.

　시인은 거대한 본질이나 의미에 앞서 순간 직면하는 사물과 상황이 환기하는 교감과 관계의 의미에 더 주목해왔던 것처럼 보이지만, 한 인생의 지향이 없을 수는 없다. 단언하기

는 어렵지만 최대한 '수평'을 맞추고자 하는 것이 그 지향의
일부가 될 수 있을 것이다.

비 오는 날은 좀 우울하다

특히 강풍이 폭우와 몸을 섞는 날은 더 그렇다

창틈 구석구석까지 바람이 비를 모시고

은밀히 그녀의 침실을 기웃거리거나

그녀가 허리를 눕히고 자지러질 시트에

쥐새끼의 눈물 같은 얼룩이 먼저 드러누울 때에는

참으로 난감하다

물이나 사람이나 앞선 놈을 따라가는 습관이 있다

낮은 곳으로 가야 하는 제 길을 알아서

저 미로 같은 틈새에 몸을 비집고 어디든지 적신다

갈라진 틈을 일단 막아 해결하지만

불안한 내 불알이 쪼그라질 때가 많다

비 오는 날은 그래서 더 우울하다

막아야 할 곳이 너무 많다

전화통도 뜨거워서 난리다

―「불안」 전문

생명 활동을 우연히 부여받은 존재로서 '불안'은 거의 순수
하게 그 기원과 맥락이 닿아 있다. 시인은 인용 작품에서 "비

오는 날"의 "우울"을 "쥐새끼의 눈물 같은 얼룩이 먼저 드러누울" 걱정으로 바꿨다가 이내 "불안한 내 불알이 쪼그라질 때"로 느끼며 난감해 한다. 불안이 아니라 우울이나 근심은 그냥 놓거나 접어버리면 그만이지만, 「돈오돈수」에서처럼 "피가 났다//무척 아팠다"라고 토로(吐露)하는 것이 더 절실하고 절박함을 말하고 있다. 지향은 생활이라는 껍질을 벗고 생이라는 알몸으로 가야 하는, 아니 그런 터무니없는 길이 있을 리 만무하다. 그래서 시인은 「비로자나불」의 "검지와 중지 사이에 엄지를 끼우는/암호 같은 수기"에서 "아내와 내가 하나 되는 생각이 자꾸 떠올랐다"고 당당하게 밝힐 수 있고, 「금연」에서 자꾸 지연되는 "마지막 결심의 담배 한 대를 힘껏 빨았다"고 떳떳하게 드러낼 수 있는 것이다. 그의 지향은 "여기서 침묵은/부정도 그렇다고 복잡한 긍정도 아니다"(「마태복음 17장 21절」)라는 것을 이미 알고 있었던 것이다.

3.

주강홍 시인에게 '수평'은 말 그대로 '균형'을 맞추는 것이다. 그러나 시적인 '수평'은 벽을 허물면 허문 또 다른 벽에 갇히게 될 줄 알지만 그래도 벽이 자기 앞에 있으므로 허물어야만 한다는 일종의 당위처럼 보인다. 프랑스의 평론가 모리스 블랑쇼는 "지상의 구원이란 그것이 성취될 것을 요청하는 것이지, 그것의 실현을 약속하거나 그려 보여주는 것이 아니다."라고 확언한 바 있다. 벽을 허무는 행위가 꼭 다른 어떤 공간(깨달음의 경지나 차원)을 개시(開示)해야만 하는 것은 아닐지도 모른다.

8층 건물이 기울어졌다
피사의 사탑처럼 기울어졌다
한쪽 다리를 들고 오줌 누는 자세가 되어서
고개를 갸우뚱하고 서 있다
수도관이 터지고 배수관이 터지고
햇살의 그림자도 삐딱하게 쓰러졌다
이유는 간단했다
부등침하다 압력이 균일하게 받지 못한다는 것이다
쉽게 말하면 기초가 부실하다는 어려운 말이다
설계자와 감리자와 시공자가
모두가 잘못한 것이 없다는데
건물은 기울어져 있다
초대형 자키를 대령하여 엉덩이를 떠 올리고
저 깊은 암반까지 파일을 다시 박았다
진작 그렇게 할 것이지
기술적으로는 재발할 염려가 없지만
기울어졌던 것들은 기울어진 것에 익숙하다

근심의 무게가 자키에 들려 있다

―「바로 세우기」 전문

수평을 맞추지 못했을 때 초래될 결과를 인용 작품은 생생한 현실감으로 그려 보여준다. "수도관이 터지고 배수관이 터지고/햇살의 그림자도 삐딱하게 쓰러"지는데 이유는 간단하다. "부등침하다 압력이 균일하게 받지 못한다는 것이다/쉽게 말하면 기초가 부실하다는" 것이다. 그렇다, 수평을 맞추지 못하면 기초가 부실해진다. 그런데 더 큰 문제는 "기술적으로 재발할 염려"가 없게 개선했다고 해도 "기울어졌던 것들은 기울어진 것에 익숙하다"라는 사실이 남는다는 것이다. 물론 공학적으로는 시인의 기우(杞憂)에 불과하다고 치부할 수도 있지만, 생은 그렇지 않다. 습성은 현상 이면에 더 큰 영향을 미치기 때문이다. 그래서 시인은 "얇은 시인들이여/절대로 그들과 맞붙지 말라"(「목수들의 싸움 수칙」)고 충고한다. 여기서 그들은 '수평' 잡기에 익숙하고 늘 염두에 두고 있는 존재들을 지칭하는지도 모른다.

주지의 사실이지만, '경첩'은 문을 열고 닫기 위해 사용하는 부착물이다. 여기서 주목하고자 하는 것은 경첩이 문의 부속물이 아니고 대부분의 경우 문을 만들 때 함께 만들어지지 않는다는 것이다. 그렇지만 문이 벽처럼 박혀 있는 것이 아니라 '개방과 폐쇄'라는 두 가지 기능을 다 수행하기 위해서는 경첩이 꼭 필요하다는 점이다. 용접처럼 이질의 두 존재가 융합해서 하나가 되기도 있지만, 경첩처럼 각자의 형상을 유지한 채 하나의 목적을 위해 기능할 수도 있다.

신작로를 내기 위해 벌목을 한다
우리들의 빠른 발걸음을 위해
측량선을 긋고 푸른 하늘을 향해 길을 낸다

내가 할 수 있는 건
나무에게 한 잔 술과 세 번의 절뿐이다
우린 이렇게 만나야 하고 헤어져야 한다

체념의 몸통에 다 올리지 못한 수액이 뚝뚝 떨어지고
둥지 잃은 새들의 고함 속에
버거운 생들이 옆으로 기운다

길은 언제나 시작이 끝점이다
가려 있던 하늘이 더 푸르게 휜다

오늘밤은 북극성의 성좌가 더 또렷할 것이다

　　　　　　　　　　　　　　—「도로 공사」 전문

주강홍 시인은 여전히 치열한 현실을 마주하고 있다. '공사'란 어휘 자체가 이미 '파괴와 창조'라는 뜻을 오롯이 담아내고 있다. 도로를 내기 위해 벌목을 하는 작업이 그려진다. 명확하다. 벌목 공사와 도로 공사는 그 목적이 다르다. 그러나 과정에서 나무들이 잘려 나간다는 사실은 다르지 않다. 시인은 그 비극성을 표현하면서도 결국은 "길은 언제나 시작이 끝점이다"라는 명제를 끌어낸다. 가려 있던 하늘이 드러나고 그래서 밤에는 "북극성의 성좌"가 더 또렷할 것이라는 예상도 충분히 해볼 수 있다. 이와 달리 무언가를 훼손할 필요가 없는 경우도 있다. "울림이 맞닿는 곳/저 견고한 고요처럼/깊을수록 빠져나오지 못하는 맹목적인 생각들이/수만 갈래의 불꽃들로 이어지고/이내 쓰러지"(「난간 공사」)는 것을 지속하는 힘으로 지켜볼 수도 있다. 이처럼 시인의 눈앞에서는 생생한 현실이지만, 시적 형상화를 거치면 상징의 바다가 될 수도 있다. 주강홍 시인이 '시라는 경첩'을 달아 시인 자신의 세계를, 아니 벽을 많은 문으로 열리거나 닫힐 수 있게 만드는 것만큼 우리 시단에도 현장으로 향하는 단단하고 아름다운 '문'을 계속 달아 주기를 기대한다.

이 도서의 국립중앙도서관 출판시도서목록(CIP)은 서지정보유통지원시스템 홈페이지
(http://seoji.nl.go.kr)와 국가자료공동목록시스템(http://www.nl.go.kr/kolisnet)에서
이용하실 수 있습니다.(CIP제어번호: CIP2018041212)

시인동네 시인선 103

목수들의 싸움 수칙

ⓒ 주강홍

초판 1쇄 인쇄 2018년 12월 17일

초판 1쇄 발행 2018년 12월 24일

지은이 주강홍

펴낸이 고영

책임편집 서윤후

디자인 헤이존

펴낸곳 문학의전당

출판등록 제2017-000002호

주소 서울시 마포구 마포대로 11길 91, 3층

전화 02-852-1977   팩스 02-852-1978

전자우편 sbpoem@naver.com

ISBN 979-11-5896-408-5 03810

＊이 시집은 2018 경남문화예술진흥원 문화예술지원금을 보조받아
   제작되었습니다.

시인동네 시인선 103

주강홍 시집

목수들의 싸움 수칙

시인동네

목수들의 싸움 수칙

주강홍 시집